Das Kamel im Nadelöhr

Fromme und unfromme
Schmunzelgedichte

Eckart zur Nieden
Jörg Peter (Illustr.)

SCM Hänssler

SCM

Stiftung Christliche Medien

Bestell-Nr. 395.218
ISBN 978-3-7751-5218-1

71088 Holzgerlingen
Internet: www.scm-haenssler.de
E-Mail: info@scm-haenssler.de
Umschlaggestaltung: Jens Vogelsang, Aachen
Illustrationen: Jörg Peter
Satz: Breklumer Print-Service, Breklum
Druck und Bindung: CPI – Ebner & Spiegel, Ulm
Printed in Germany

Widmung

Fällt manchmal mir ein Verslein ein,
denk ich, dass mich die Muse küsst,
und merke erst im Nachhinein,
dass es nur Pampelmuse ist.

Doch Edeltraud, die besser küsst,
hält mir auch stets den Rücken frei,
die meine wahre Muse ist –
ihr dieses Buch gewidmet sei.

Inhalt

Süßes Leben

Ein großer Pottwal namens Jonas,
der eine stille Stelle sucht´,
fand in Brasilien eine Bucht.
Jedoch – es war der Amazonas.

Entdeckerfreudig paddelt´ er
und dachte – trank dabei genüsslich:
„Hier schmeckt das Wasser etwas süßlich,
nicht so versalzen wie im Meer.

Hier ist es schön! Hier will ich bleiben!"
Und freudig schwamm er gleich flussauf,
sonst nämlich würde ihn der Lauf
des Wassers zum Atlantik treiben.

Doch da ist er am Rand gelandet!
Grad dachte er noch ängstlich: „Ach,
hier wird das Wasser ziemlich flach!"
Da war er aber schon gestrandet.

Ein Wal kann laufen nicht noch fliegen,
selbst kriechen nicht. Warum? Er hat
ein ziemlich fülliges Format.
Drum bleibt er auf dem Trocknen liegen.

Er zappelt noch, doch nichts will glücken.
Denn ohne Auftrieb schafft er nicht
das eigne reichliche Gewicht.
Das arme Tier muss nun ersticken.

Ein Brasilianer, der das sah,
sprach zu dem Sohn: „So ist das eben.
Es tut nicht gut, das süße Leben."
Der Sohn sprach artig: „Ja, Papa."

Der Nil

Es lebte einst ein Krokodil
im sogenannten blauen Nil.
Im weißen Nil, da plantscht umher
ein altes Flusspferd, groß und schwer.
Als beide mal flussabwärts schwammen,

da kamen sie im Nil zusammen.
Nun stritten sie sich um die Ehre,
laut, wessen Fluss der Quellfluss wäre.
„Der blaue!“, schrie das Krokodil.
„Der blaue ist der wahre Nil!“
Das Flusspferd aber rief: „Der weiße!
Weshalb ich ja auch Nilpferd heiße!“
Als sie dann alle Argumente,
die irgend man verwenden könnte,
mit Kraft und Zähnen vorgetragen,
sie schließlich tot im Wasser lagen.
Das Nilpferd hat den Feind erstickt,
mit Wahrheit und Gewicht erdrückt.
Das Krokodil bewies sein Wissen,
indem´s ihn in den Hals gebissen.
Der Nil umspülte still die Toten
und dachte sich: Ihr wart Idioten!

Es ist doch schließlich einerlei,
warum nun was der Quellfluss sei!
Es weiß doch jeder sowieso
vom allerersten Pharao,
von Mose bis zu Abdel Nasser:
Ich brauch aus beiden Flüssen Wasser.
Nur so gelingt es mir, auf Erden
der segensreichste Fluss zu werden.

Die Sache mit den beiden Flüssen
zeigt, lieber Leser, dass dein Wissen,
Geschick und Können und dein Geist
sich auch aus vielen Quellen speist.
Rühm dich der eignen Leistung nicht!
Dagegen hast du Recht und Pflicht,
zum großen Ganzen sozusagen
auch ein paar Tropfen beizutragen.

Schäfchenwolken

Schäfchenwolken ziehn genau
ihren Weg nach Süden,
grasen ab das Himmelsblau,
lautlos und zufrieden.

Ach, ich zög´ so gerne still
mit in eurer Herde.
Doch ich renne im Gewühl
unten auf der Erde.

Wir sind nicht von einem Hauch,
so wie ihr, getrieben.
Hasten vorwärts, rückwärts auch,
jeder nach Belieben.

Rechts und links und schnell und träg –
bis wir uns verirrten.
Jeder sieht auf seinen Weg –
Schafe ohne Hirten.

Von Pontius bis Pilatus

Ich hörte meine Oma sagen,
als sie den Einkauf heimgetragen,
sie musste, um dies einzukaufen,
von Pontius bis Pilatus laufen.

Ich dachte – damals noch ein Kind –
dass dies verschied´ne Männer sind.
Erst später brachte man mir bei,
dass dies ein Doppelname sei,
und dieser Ausdruck sei nur scherzhaft.
Als ich das hörte, lacht´ ich herzhaft.
Das ist, als würde ich zuweilen
von Eckart bis zur Nieden eilen.

Noch später wurde ich belehrt,
das sei auch gar nicht so verkehrt.
Es gibt, das ist nicht zu bestreiten,
gespaltene Persönlichkeiten.
Ja, manchmal wohnen – welch ein Frust –
zwei Seelen, ach, in unsrer Brust.
Und von der einen bis zur andern
ist oft ein weiter Weg zu wandern.

Auch der Pilatus, zum Exempel,
in seiner Burg, nicht weit vom Tempel,
wollt´ einerseits den Leuten allen,
die vor ihm standen, gern gefallen,
als sie verlangten, den sie hassen,
noch heute kreuzigen zu lassen.
Doch andrerseits – wer Menschen richtet,
ist der Gerechtigkeit verpflichtet.
Befragung und Gefühl besagte:
Unschuldig ist der Angeklagte.
So war er hin und her gerissen –
hier die Karriere, dort Gewissen.
Er ließ zum feuchten Händeringen
sich eine Schale Wasser bringen.

Nein, Prokurator, nein! Begreife:
So nicht! Mit Wasser und mit Seife
zieht man sich nicht aus der Affäre!
Ach, wär es einfach, wenn´s so wäre!
Der Mann, der grade vor dir steht,
in stiller Souveränität,
ein König einer andern Welt,
hier nur verspottet und gequält,
der Menschen- und der Gottessohn,
ist Recht und Wahrheit in Person.
Sieh doch auf ihn! Hör, was er spricht!

Sei für ihn offen! Du musst nicht,
um letzte Wahrheit zu erkennen,
von Pontius bis Pilatus rennen!

Die Kirchen

Komm, Paulus, schenk uns bitte reinen Wein
ein!
Du und in keiner Kirche kann nicht sein!
Nein!
Man muss sich doch erfassen
und registrieren lassen!
Man muss ja doch in irgend´nem Verein
sein!

Du weißt, wen nicht ein warmes Nest gebiert,
friert.
Kann´s sein, dass dich der Name „reformiert"
ziert?
Bist du ein Herrnhuter?
Bekennst du dich zu Luther?
Bist du, wo heilsarmeeisch stets marschiert
wird?

Noch keiner wusst´ es, den ich hier um Rat
bat.
Gehörst du dahin, wo man Zölibat
hat?
Vielleicht ja auch deswegen,
weil man dort zum Kollegen,
zum Petrus, immer einen heißen Draht
hat?

Es könnte sein, dass du ein Methodist
bist,
vielleicht das Banner trägst, das ein Baptist
hisst.
Wem willst du deine Spenden
und Steuern denn zuwenden?
Es geht doch nicht, dass man nur einfach Christ
ist!

Kann sein auch, dass du um den Geist von Pfingst´
ringst.
Weil du nur ins Geheimnis, das du bringst,
dringst,
und wenn du eingedrungen,
mal mit, mal ohne Zungen,
das neue Lied, mit dem du uns beschwingst,
singst.

Aus deinen Briefen weht der Geisteswind
lind.
Doch Kirchen nennst du nie! Lässt uns wie´n
Kind blind.
Du hast zwar mal geschrieben,
wir soll´n uns alle lieben –
bedenke aber, dass wir nicht Korinth
sind!

Eins dreißig

Ich saß und überlegte fleißig:
Wie bringe ich das Wort von Gott,
dem ewigen, modern und flott
und möglichst kürzer als eins dreißig
in einen Radiospot.

Ich dachte: Gott in seiner Größe –
dass er auch kleine Menschen find´,
wurd´ er auch selbst ein kleines Kind!
Was macht´s, wenn dann die Denkanstöße
auch so bescheiden sind!

Nur Mut! Die Wahrheit gilt nun allen
zu jeder Zeit, an jedem Ort!
Denn Gott spricht nämlich immerfort –
es hat ihm eben so gefallen –
durch schlichtes Menschenwort.

Große Sprünge

Könnt´s dem Elefant gelingen,
grad so wie ein Floh zu springen,
hüpft er fast, das ist doch klaro,
lässig über´n Kilimandscharo.
Käme unversehrt und munter
beim Viktoriasee herunter.
Ganz Uganda würde beben –
und er wäre noch am Leben!

Ja, sie sind der Menschheit Glück,
diese Regeln der Physik,
dass man nicht das Maß verliere.
Stell dir vor, die großen Tiere
machten auch noch große Sprünge!
Schrecklich wär es, wenn das ginge!
Gott gefiel es, vorzuschreiben,
dass sie auf dem Teppich bleiben.

Stimmt das manchmal nicht? Das gibt sich!
Lies doch mal Psalm dreiundsiebzig!

Platzhirsche

Neulich hab ich mal gedacht:
Wenn man bei den Menschenwesen –
wie bei Hirschen – Stolz und Macht
könnte am Geweih ablesen,
an der Größe vom Gestänge –
was gäb das für ein Gedränge!

Bei so manchem Chef und Herrn
und bei Hauptabteilungsleitern
mit dem Wichtigkeitsgehörn

müsste man die Tür verbreitern.
Peinlich auch, mit so viel Spitzen
eingezwängt im Bus zu sitzen!

Kann man nicht bescheiden sein –
was natürlich besser wäre –,
bildet sich wer weiß was ein
und legt großen Wert auf Ehre,
sollte besser man's verschweigen,
statt es öffentlich zu zeigen.

Freiheit

Es war einmal ein grüner Drache.
Kein Fabelwesen. Auch kein Tier.
Es war nur eine tote Sache
aus Stöcken, Fäden und Papier.

Ein Junge nannt´ es stolz das Seine.
Und glücklich, wie nur Kinder sind,
hielt er es an der langen Leine
und ließ es steigen in den Wind.

So stieg das Ding in große Höhen,
vollführte einen frohen Tanz,
ganz nach des Windes starkem Wehen.
Und fröhlich wirbelte der Schwanz.

Und so, aufs Fliegen ganz versessen,
da hat der Drache ganz und gar
im Freudentaumel schlicht vergessen,
dass er kein Lebewesen war.

Er dachte nach und hat gefunden:
Ich bin doch eine Kreatur!
Ach, wär ich bloß nicht angebunden
mit dieser blöden langen Schnur!

Er rüttelte, er zog und dachte:
Warum hält mich der Bube fest?
Warum der Schöpfer, der mich machte,
mich in die Freiheit nicht entlässt?

Ach, würde ich nur nicht gehalten!
Ich flöge in die weite Welt!
Ich könnte richtig mich entfalten
und fliegen, wie es mir gefällt!

Da plötzlich riss der lange Faden,
der schräg ihn in den Wind gelehnt.
Das war ihm aber sehr zum Schaden,
obwohl er vorher sich´s ersehnt.

Beim Fallen, Wirbeln, Stürzen, Schwanken
hat flüchtig er bei sich gedacht,
noch mit dem letzten der Gedanken,
bevor er unten aufgekracht:

Ein Leben völlig ohne Fesseln –
Wer sich das wünscht, der ist verrückt!
Er setzt sich selber in die Nesseln.
Das ist noch harmlos ausgedrückt.

Des Ritters Leid

Um tausend Ritter Eduard
hub an, also zu sprechen:
„Ach nein, wie ist das Leben hart,
speziell in diesen Blechen!

Ach, eine Qual ist dieser Stahl!
Ist´s kalt, werd ich gefrostet.
Ist´s aber warm und regnet mal,
gleich meine Rüstung rostet.

Ach, dieser Stahl ist eine Qual!
Und niemand, der mich tröstet,
wenn unter starkem Sonnenstrahl
mich meine Rüstung röstet!

Vielleicht, was leicht geschehen kann,
komm ich in ein Gewitter.
Das Eisen zieht die Blitze an –
aus ist es mit dem Ritter!

Weg mit den Blechen überall!
Was kann mir schon passieren!
Weg mit dem scheppernden Metall
und quietschenden Scharnieren!“

So legt´ er alles ab, und dann
bracht´ er´s ins Burgmuseum –
wo man es heut noch sehen kann –
und jubelt ein Te Deum.

Lebt froh in einem Leinenkleid,
wie´s alle Leute haben.
Sein Streitross fühlt sich auch befreit
und kann viel schneller traben.

Und auch sein Erzfeind freute sich:
Mit seiner Lanze machte
er ihm ein End´, mit einem Stich.
Er fiel vom Pferd und dachte:

„Trägt man die Rüstung, ist es schlecht –
sie schmerzt in den Gelenken.
Trägt man sie nicht, ist´s schlecht erst recht."
Dann hört´ er auf zu denken.

Mitsamt der Rüstung, Schild und Schwert
ist er noch anzuschauen:
Auf seinem Grab, wie sich´s gehört,
in Marmelstein gehauen.

Irrtum

Na, endlich!, dachte die Forelle
mit Namen Paul.
Mich schmerzt doch sehr die wunde Stelle
in meinem Maul!

Ein Haken sitzt in meinem Rachen,
der schrecklich schmerzt.
Doch sitzt ein Mann in seinem Nachen,
der hilft beherzt.

Er hat die Spitze, diese harte,
vom Maul getrennt.
Jetzt bin ich froh, und ich erwarte
das Happy End.

Im Kuhstall

Die Schwalbe sprach einmal
im Stall zu der Kuh:
„Wohin legst du, Kuh, deine Kälber?
Ich leg meine Eier ins Nest. Aber du
bringst die Zeit mit den Kindern
im Menschenhaus zu.
Ich baue mein Häuschen mir selber.

Mit Spucke hab ich den Lehm angerührt.
Das trocknet schnell, hält und ist praktisch.
Mit dem Speis hab ich fleißig
mein Nestchen geschmiert.
Zwar habe ich Architektur nicht studiert,
doch lernte ich autodidaktisch."

Die Kuh sah zur Schwalbe. Ihr Blick
war getrübt,
und auch ihr Verstand. Sie war nämlich
im Diskutieren noch ungeübt.
Sie hatte nur immer das Fressen geliebt,
und glotzte nun darum nur dämlich.

„Ach, Schwalbe, gib nicht so schrecklich an!“,
rief da aus der Ecke die Spinne.
„Ein Häuschen aus Dreck! Was ist da
schon dran!
Ich wette mit dir, dass ich´s besser kann,
und bin sicher, dass ich gewinne!

Dieses Netz ist genial! Doch dein Häuschen
aus Lehm – “,
so sagte die Spinne pathetisch,
„Es ist sicher warm, und vielleicht auch
bequem,
jedoch ist es dreckig, und außerdem
ist´s überhaupt nicht ästhetisch!“

So stritten sich Groß und Mittel und Klein,
wer der Klügste sei unterm Dache.
Wer mischte sich da mit Gelächter ein?
Der Bauer kann´s nicht gewesen sein,
er versteht nicht die tierische Sprache.

Voller Leben

Im Wald und auf der Heide,
auf Acker, Rain und Weide,
im Bache und daneben
ist alles voller Leben.

Was da so hüpft und hampelt,
läuft, hoppelt oder trampelt,
das lässt die Erde beben.
´s ist alles voller Leben.

Mit Rennen, Galoppieren,
mit Flitzen, Balancieren
auf feinsten Spinneweben
ist alles voller Leben.

Mit Kriechen, Krabbeln, Krauchen,
mit Schwimmen oder Tauchen,
mit Fliegen, Flattern, Schweben
ist alles voller Leben.

Mit Klettern, Springen, Traben,
sich durch die Erde graben,
sich in die Luft erheben,
ist alles voller Leben.

Es stammt all dies Gewimmel
vom Vater in dem Himmel.
Klar, dass er da gegeben
auch mir das volle Leben.

PRESSEN
HhNNGR!

Der Wal

Der Wal
ist kahl
und ohne Haar,
hat keine
zwei Beine –
wie sonderbar!
Und auch nicht vier.
Er trinkt kein Bier.
Doch glaube mir:
Er ist wie wir
ein Säugetier!

Warum? Es geht nicht nach
Gesichts- und Wesenszügen.
Man definiert sich, ach,
allein durch´s Kinderkriegen.

Der Storch und die Kröte

„Hast du noch", sprach der Storch zur Kröte,
„´nen letzten Wunsch, eh ich dich töte?"
Die Kröte sagte zu dem Storch:
„O ja! Mein letzter Wunsch ist: Horch!
Vor deiner fürchterlichen Tat
hör erst mein kluges Referat!"
Der Vogel seufzte innerlich.
„Na gut", sprach er, „beeile dich!
Weil ich´s versprach, will ich´s ertragen.
Mach´s aber kurz! Mir knurrt der Magen!"

„Dass du mein Leben schonst – ich finde,
dafür gibt es genügend Gründe.
Als Erstes", jene Kröte spricht,
„´nen hohen Wert hat der Verzicht.
Denn wer verzichten kann, beweist,
was edelste Gesinnung heißt.
Der wirkliche Charakter müsste
beherrschen niedere Gelüste.
Drum strebe nach dem geistig Schönen,
statt schnöder Fleischeslust zu frönen!
Und nun mein zweiter Punkt in Kürze:
Ich schmecke scheußlich ohne Würze!

Denn ohne scharfe Pfeffertunke
sind fade Kröte, Frosch und Unke.
Und drittens: Wisse, ich steh unter
Naturschutz! Schlucktest du mich runter,
du hättest strafbar dich gemacht!
Das vierte Argument, gib acht:
Ich könnte, würd´st du´s mir gewähren,
viel hundert Kröten noch gebären,
die man dann später irgendwann
mit viel Genuss verzehren kann.
Es lohnt sich, gründlich zu bedenken:
Würd´st du mir heut das Leben schenken,
so würdest du Ressourcen schonen
für kommende Generationen."

Da hat der Storch nur laut gelacht:
„Hast, meine Gute, du bedacht,
dass alles dies auch gültig ist,
wenn du, die Kröte, Fliegen frisst?"
„Nun ja", sprach sie, „ich gebe zu:
Was du nicht willst, dass man dir tu...
Du kennst den Spruch. Er gilt uns beiden!
Da muss man eben Hunger leiden."

„O nein, mein Festmahl, du vergisst,
dass mich kein andres Wesen frisst!
Wenn´s mancher auch gern anders hätte –
ich steh am Schluss der Nahrungskette!
Schluss jetzt mit den Verteidigungen!"
Und – schnapp – hat er das Tier verschlungen.

Wir, die wir das Gespräch belauschen,
mit wem wohl würden wir gern tauschen?
Wir sind ja nicht so egoistisch!
Äh – bin ich da zu optimistisch?

Der Morgen

Tag wird´s nun. Im Osten rötet
sich ein Himmelsstreifen.
Oben eine Lerche flötet,
und die Spatzen pfeifen.

Blüten öffnen ihre Kelche.
Zarte Nebelschleier
kleiden noch die Weiden, welche
träumend stehn am Weiher.

Tag wird´s nun. Im Osten rötet
sich der Waldessaum.
Weckerklingeln Nerven tötet.

Aus der Traum!

Der Specht

Einst zimmerte ein bunter Specht
ganz nah an einem Teiche
voll Mühe sich sein Haus zurecht.
Doch bald sprach er: „Das geht so schlecht!
Zu hart ist diese Eiche.
Ich such´ mir eine weiche!“

So flog er denn im Wald herum,
vergeblich mit Gefluche.
Er sprach: „Jetzt wird mir´s doch zu dumm!
Jetzt kehr ich aber endlich um!
Eh ich noch lange suche,
da nehm´ ich halt ´ne Buche.“

Nun schlug er auf die Rinde los,
die graue, harte, dichte.
Das Loch war grade daumengroß,
da stöhnte er: „Was ist das bloß
für eine Murks-Geschichte!
Wie wär´s denn mit ´ner Fichte?“

So hieb er in der Fichte Bast,
doch der war zäh und plastisch.
„Jetzt hau ich schon ´ne Stunde fast,
und finde keinen weichen Ast!“,
so sagte er sarkastisch.
„´s ist alles zu elastisch.“

Am Abend sucht´ er immer noch.
Da knurrte er verdrossen:
„Ach, wär ich bei der Eiche doch
geblieben, hätt´ ich jetzt ein Loch!
Nun ist die Zeit verflossen.
Ich bin zu unentschlossen!“

Identität

Es war mal eine Ratte,
die zierte sich und hatte
viel Angst vor wenig Dreck.
Wo Matsch war, lief sie weg.

Hatt´ tags wie auch in Nächten
viel Angst vor engen Schächten.
Problemchen Nummer drei:
Sie war auch wasserscheu.

Da stellte sich das Nage-
tier diese kluge Frage:
Vielleicht kommt hierbei raus,
ich bin nur eine Maus!

Zwischen den Extremen

Auf einer Rose Blütenpracht
hat manche hohe Denkerstirne
schon mühsam ein Gedicht gemacht,
und meist zuliebe seiner Dirne.

Doch manche Schönheit ist nur Trug.
Zwei Seiten gibt es: Licht und Schatten.
Drum gab´s der Dichter auch genug,
die ihren Dorn im Auge hatten.

Doch Goethe, Lessing, Schiller auch,
und selbst der Ullerich von Hutten
vergaßen, dass ein Rosenstrauch
auch Blätter hat, und Hagebutten.

Mein Gott, ich will dir dankbar sein
für Blüten, Dornen und die Blätter,
für Hagel, Sturm und Sonnenschein,
und auch für ganz normales Wetter.

Botschafter

Wir sollen Gottes Kinder heißen!
Die Nachricht müsste alle Welt
begeistert von den Stühlen reißen!
Doch tut sie dieses? Weit gefehlt!

Sagst du die Botschaft zu dem Zwecke,
dass man sie annimmt – glaube mir:
Mal geht sie weg wie warme Wecke,
meist aber nur wie sauer Bier.

Warum? Weil meist beim Menschenfischen
nur der Begeisterung entfacht,
der – selber glaubend – einen frischen,
und keinen sauren Eindruck macht.

Geduld und Stärke

Ernst-August hat mit seiner Stirne
die Sanftmut einer Abrissbirne:
will mit dem Kopf durch manche Wand,
hat oft den Schädel eingerannt,
hat manche Beule mitgenommen –
und nichts ist dabei rausgekommen!

Elfriede ist nicht wild und jäh,
dafür geduldig, aber zäh.
Auch sie steht oft vor einer Wand.
Indem sie diesen Widerstand
mit Nachdruck langsam aufgeweicht,
hat sie am Ende mehr erreicht.

Gerüchte

So ist es meistens mit Gerüchten:
Sie fesseln uns ganz ungemein.
Und keiner möchte drauf verzichten,
beim Tratschen mit dabei zu sein.

Wie schnell kann ein Gerücht doch wandern,
in Windeseil´ von Haus zu Haus!
Je schlechter zeigt es einen andern,
je schneller breitet es sich aus.

Wenn doch die törichten Gestalten,
die Gott gemacht hat, und geliebt,
mal lernten, ihren Mund zu halten,
wenn´s Gutes nicht zu sagen gibt!

Sein und Schein

Manch Reicher kauft sich Heucheln,
lässt sich als Größe schmeicheln,
die er nicht ist.
In manchem armen Kerle
verbirgt sich eine Perle
von Mensch und Christ.

Der eine wohnt sehr teuer
durch Schwindel bei der Steuer
im Bungalow.
Der andre gilt als Niete,
wohnt ehrlich nur zur Miete,
und zahlt auch so.

Durch Titel oder Orden
ist mancher schon geworden
stolz wie ein Pfau.
Ein andrer stellt die Gabe
mit eitelem Gehabe
nicht so zur Schau.

Ein Mensch kommt durch Betrügen
oftmals zu Maßanzügen,
wenn nicht durch Pump.
Manch andrer, welcher leidet,
und sich in Lumpen kleidet,
ist gar kein Lump.

Manch wirklich Großer beugt sich.
Der Wert des Menschen zeigt sich
auch nicht am Geld.
Drum halte dich einstweilen
zurück mit Vorurteilen,
so schwer´s auch fällt!

David und der Löwe

Ich, David, saß bei meiner Herde,
um sie zu hüten auf der Erde.
Der Tag war heiß, der Abend kühl.
Komfort und Luxus gab´s nicht viel.
Es stank, denn wie ihr sicher wisst,
macht auch bekanntlich Kleinvieh Mist,
und Schafe lassen, wie auch Ziegen,
denselben unbeachtet liegen.

So saß ich denn, ich sagt´ es schon,
fern aller Zivilisation,
an jenem ungastlichen Ort
und spielte einen Moll-Akkord.

Ach so, das muss ich noch erwähnen:
Von Kindheit an war ich den schönen
und edlen Künsten zugewandt.
Hatt´ drum die Harfe stets zur Hand
und spielte so manch süße Weise,
zuweilen laut, doch meistens leise.

Ich spielt´ besagten Moll-Akkord.
Der Wind nahm ihn mir einfach fort
und trug ihn schwebend in die Weite.
Dafür bracht´ von der andern Seite
er einen wen´ger schönen Laut.
Ich hab mich blitzschnell umgeschaut.
Erst hört´ ich´s nur, dann sah ich´s auch:
Gleich hinter jenem Dornenstrauch,
ganz nah an einer alten Mauer,
lag still ein Löwe auf der Lauer.

Nun nährt ein ausgewachsner Leu
sich ja bekanntlich nicht von Heu.
So nahm ich an, er wollt´ stattdessen
eins meiner zarten Lämmchen fressen.
Da war ich aber sehr dagegen!
Denn meine Pflicht war´s, sie zu hegen!

Ich also zu ihm hingerannt,
nur mit der Harfe in der Hand –
ich hatte nämlich keine scharfe
und spitze Waffe, nur die Harfe.

Das Tier, als es mich kommen sah,
das dachte wohl: Wer kommt denn da?
Vielleicht kann ich den Hirt samt leisen

Akkorden einfach auch verspeisen!
Vielleicht ist so ein Musikus
ein ganz besond´rer Hochgenuss!
Er dachte wohl, ´s ist leicht geschafft –
wer Harfe spielt, hat keine Kraft.
Hier irrte er, denn ich bin trotz
des Harfespiels ein Muskelprotz.
Was er so dacht´ zu tun, zu treiben,
wird ewig sein Geheimnis bleiben.
Denn als ich schrie: „He du! Zieh Leine!
Die Schafe, die sind nämlich meine!“,
sprang er zu mir mit einem Satz.

Da schlug ich zu. Gescheppert hat´s.
Da schlug ich ihm mit Wucht die schöne
und edle Harfe auf die Mähne.
Dem Tier verging der Appetit.
Sein Leben, das verging gleich mit.

Nur leider – sicher denkt ihr´s euch –
auch meine Harfe starb zugleich,
mit einem letzten Klang in Moll.
Ich sah und hört´ es kummervoll.
Von meinem Instrument, dem schönen,
blieb nur noch ein Gewirr von Sehnen.
Man sieht: Man konnt´ in jenen Tagen
schon Feinde mit Musik erschlagen.

Dann setzt´ ich mich auf einen Stein.
Gleich fiel ein neues Lied mir ein,
auf dass ich meinen Dank erstatte
an Gott, der mich behütet hatte.
Es kam mir nämlich in den Sinn:
Wie ich ein guter Hirte bin,
der seine Schafe treu bewacht,
gibt Gott auf mich, den David, acht.
„Der Herr, mein Hirt, in seiner Hut
fehlt nichts an irgendeinem Gut."

Doch leider, um Gott Lob zu bringen,
musst´ ich nun ohne Harfe singen.

An Bileam

Verehrter Bileam, die Wut
auf etwas, das man nicht versteht,
der unbeherrschte Zorn, der tut
dem Wutentbrannten gar nicht gut.
Schon gar nicht, ist er ein Prophet.

Dein Reittier hat dich treu getragen
beim Traben oder Galoppieren.
Was musst du es nun kritisieren
und dann voll blinder Wut noch schlagen?
Ich kenn´ mich aus mit solchen Tieren!

Wer nicht versteht, der übt Gewalt,
zerstört dabei das eigne Glück.
Ein Sprichwort sagt: Wie in den Wald
man laut hineinruft, grad so schallt
es auf den Rufer auch zurück.

Nun fragst du sicherlich: Wie heißt er,
der mir da schreibt? Wer kann das sein?
Was geht´s ihn an? Was fällt ihm ein?
Nur so viel: Ich bin Bürgermeister
von Wesel, Stadt am Niederrhein.

Hochzeit

Ein Pfarrer, der an manchen Tagen
in den Kalender seine Pflicht
vergessen hatte einzutragen,
erschien bei einer Hochzeit nicht.

Die Zeit vergeht, und manche blicken
verstohlen auf die Armbanduhr.
Nervöses Flüstern, Zappeln, Rücken.
Wann geht´s denn los? Wo bleibt er nur?

Das arme Brautpaar, Hand in Hand,
stand frierend vor der Kirche draußen
und es erwartete gespannt
den Einzug unter Orgelbrausen.

Was ist das nur? Wer ist dran schuld?
Das weitet sich zur Katastrophe!
Und drinnen singt voll Ungeduld
man schon Paul Gerhardts zwölfte Strophe.

„Wie spannend!“, sagte leicht ironisch
der Orgelspielerin ihr Gatte,
und regelte das telefonisch,
weil er ein Handy bei sich hatte.

Es flüsterte durch Kirchenbänke
bei Tanten, Freunden, Nachbarinnen,
dass jemand sage, dass er denke,
es könne wohl demnächst beginnen.

Der Pfarrer ist nicht beizubringen.
Man ruft viel an in großer Hast.
Ein andrer freut sich, einzuspringen,
und kommt kurz drauf schon angerast.

Und mit dem Pfarrer nun, dem neuen,
geht´s los in feierlichem Zuge,
mit Kindern, die die Blumen streuen,
begleitet von der Orgelfuge.

Verbindlich lächelt die Vertretung,
die vorne in der Kirche steht.
Man mög´ verzeihen die Verspätung,
Gott aber käme nie zu spät.

Und souverän, wie sich´s gehört,
verläuft alsbald die Liturgie,
bis man sich ew´ge Treue schwört,
sie ihm und – klar – er auch für sie.

So ist die Panne bald vergessen
und alle sitzen tief gerührt.
Was soll´s – es gibt ja bald zu essen
für jeden, der nun Hunger spürt.

Nun dürfen sich die beiden küssen,
der Bräutigam die schöne Braut.
Noch hätten sie ja warten müssen,
jetzt aber seien sie getraut.

„Na endlich!", seufzt die Schwiegermutter,
und lächelt still, obwohl sie weint,
und stimmt mit ein ins Lied von Luther.
Wie war wohl dieses Wort gemeint?

Das Nadelöhr

Die Erna sitzt mit einer Decke
zum Sticken in der Sofaecke.
Auf einem Tischchen neben dran,
so dass sie´s leicht erreichen kann,
da liegen ihre Utensilien.
Sie stickt gerade weiße Lilien,
und drum herum noch bunte Pflänzchen,
um dann bei ihrem Kaffeekränzchen,
das mittwochs sie zu halten pflegen,
die Decke auf den Tisch zu legen.

Grad jetzt will sie das Stickgarn wechseln.
Sie muss es fest zusammendrechseln,
damit die aufgespreizte Wolle
durchs Öhr der Nadel passen solle.
Es klappt noch nicht. Zu diesen Zwecken
muss sie erst an dem Faden lecken.
Denn ist das Ende etwas feucht,
geht einzufädeln meistens leicht.
In diesem einen Fall jedoch
trifft dieser Faden nicht das Loch –
beinahe zwar, doch nicht ganz richtig,
denn leider – Erna ist kurzsichtig.

Ein lang bekannter Augenschaden.
Erst hält sie Nadelöhr und Faden
weit fort, dann hält sie´s aber wieder
sehr dicht, fast vor die Augenlider.
Sie schiebt die Brille vor, zurück –
es nützt ihr nichts. Sie hofft auf Glück,
sticht mit dem Garn aufs Gratewohl,
dass es das Löchlein treffen soll.
Da, beim Versuche Nummer neun,
geht in der Tat ihr Faden rein.
Sie zieht ihn durch, und voll Entzücken
kann sie nun endlich weitersticken.

Sie führt den Faden her und hin.
Da kommt ihr plötzlich in den Sinn –
vom Konfirmandenunterricht –
ein Bibelwort, das Jesus spricht:
dass ein Kamel, dick, hoch und schwer,
schnell schlüpfte durch ein Nadelöhr,
das wäre – wenn auch schwer verträglich –
doch immerhin noch eher möglich,
als dass ein Reicher, Frau und Mann,
einst in den Himmel kommen kann.

Und während Erna stickt, da zieht
ein Blitz Humor durch ihr Gemüt.
Sie malt sich aus, wie das wohl wär´,
mit dem Kamel und Nadelöhr:
Ich müsste, um das hinzukriegen,
das Tier sehr strecken und verbiegen –
von wegen dieses Loches Enge –
auf Fadendicke und auch -länge.
Ich müsst´ es an den Nackenwirbeln
sehr stark verdrehen und verzwirbeln.
Ich müsst´ es an der Schnauze lecken,
um es durchs Nadelöhr zu stecken.
Auch dürft es lang kein Wasser kriegen,
damit die Höcker flacher liegen.
Doch lebend es durchs Loch zu bringen,

das dürfte keinesfalls gelingen.
Das aussichtsloseste Beginnen,
selbst bei geübten Stickerinnen,
ob alten Weibern oder Mädeln,
das Tier durchs Nadelöhr zu fädeln!
Ein hoffnungsloses Unterfangen!

Doch da erschrickt sie! Angst und Bangen
durch Herz und Hirn und Seele blitzt,
weil sie ja auch etwas besitzt!
Bin ich darum, fragt sie verdrossen,
vom Himmelreiche ausgeschlossen?

Sie legt beiseit die Stickerei
und holt die Bibel sich herbei,
um dies Geheimnis zu ergründen.
Sie blättert, um das Wort zu finden,
sucht unermüdlich. Nach zwei Stunden
hat endlich sie den Vers gefunden.

Da liest sie, dass auch Petrus sagte,
was sie sich selber auch schon fragte:
Wie kann ein Mensch auf dieser Erden,
wenn das so ist, je selig werden?
Denn jeder hat doch was besessen!
Jawohl, nach menschlichem Ermessen,

sagt Jesus, geht es keinesfalles!
Gott aber macht´s. Denn er kann alles.
Er kann dies große Wunder tun.
Und Erna denkt: Da weiß ich nun,
was hier zu tun ist, unbestritten:
Ich muss ihn um dies Wunder bitten.

Topf und Deckel

Immer, wenn vor Wut ich koch,
geh´n die Jalousien runter.
Bin ich aber wieder munter,
geh´n sie wieder hoch.

Sonst verschließ ich mich ja nicht.
Doch wenn ich in meiner Seele
mich mit schlechter Laune quäle,
sind die Schotten dicht.

Fragt man: „Ist was?“, sag ich: „Nein.“
Denn beim Schmollen oder Hassen
soll man mich in Ruhe lassen,
das tu ich allein.

Mit ´nem Deckel auf dem Topf,
wo die Wut drin kocht, wird´s schlimmer.
Eingesperrter Zorn geht immer
weiter rund im Kopf.

Hab ich aber mal den Mut,
kann die Dinge, die mich quälen,
einem, der mich mag, erzählen,
wird es wieder gut.

Gott kennt mich ja sowieso.
Wenn ich ihm ganz offen sage,
womit ich mich heimlich plage,
werd ich wieder froh.

Der Star

Da sitzt du nun und schaust empor,
hörst nichts von dem Applaus, von Pfiffen,
bist nur ganz Auge und ganz Ohr,
vom Sänger und vom Lied ergriffen.

Du findest ihn ganz einfach toll!
Mit offnem Mund und Glanz im Blick
schaust du hinauf, bewund´rungsvoll.
Nur schaut er leider nicht zurück.

Lob einem jeden, der was kann –
zum Beispiel, wenn er musiziert.
Schaust du auch so bewundernd an
den, der dein Auto repariert?

Du meinst, ein Star sei er. Der Lauf
der Sterne ist ein seltsam Ding.
So mancher Stern geht nämlich auf,
erst wenn die Sonne unterging.

Verstehst du jetzt, warum mir nicht
das Bild vom Star so recht gefällt?
Was ist schon unser schwaches Licht
verglichen mit dem Licht der Welt!

Nur er, der Licht der Welt sich nennt,
nur er allein ist´s, der an Wert
gewinnt, wenn man ihn näher kennt.
Bei Menschen ist´s meist umgekehrt.

Du denkst vielleicht, das ist nicht wahr!
Bewunderst ihn auf jeden Fall.
Nun gut – vielleicht ist er ein Star.
Wer aber ist die Nachtigall?

Prominenz

Wie denn – du kennst nicht Krause Hein?
Dann kannst du nicht bedeutend sein!
Denn alle, die besond´re Gaben,
die Geld, die einen Namen haben,
die sich besond´ren Ruhm erworben
auf Erden, ehe sie gestorben,
all die mit großer Fangemeinde
sind Hein die ganz besond´ren Freunde.
Fast jeder zweite seiner Sätze
spricht von dem weiten Freundschaftsnetze,
das ihn mit aller Welt verbindet –
zu Recht natürlich, wie er findet.

Inmitten dieses Netzes ruht
der Hein, wie´s eine Spinne tut.
Zu manchem aus der Politik
scheint seine Freundschaft extra dick,
will seinem Wort man Glauben schenken.
Und wehe, jemand hat Bedenken!
Von Freundschaft spricht er immerfort.
So manche Größe aus dem Sport,
aus Wissenschaft und aus der Kunst
erfreut sich – lang schon – seiner Gunst.

Und, da er selbst von großem Wert,
auch selbstverständlich umgekehrt.

Zitiert er irgendwann und -wo
den Herrn Professor sowieso,
sagte er nur Karl, Hans, Heinerich,
dass jeder merkt: die kennen sich.

Die allerhöchsten, besten Kreise –
angeblich, auf geheime Weise,
gehört Hein Krause auch dazu.
Er ist mit jedem gleich auf „du“,
der in der Zeitung oder gar
mal irgendwann im Fernseh´n war.

Wahrscheinlich, wenn der Hein so spricht,
denkt er, dass etwas von dem Licht,
das solche Größen oft verstrahlen,
würd´ auch auf ihn, Hein Krause, fallen.

Man mag ein kleines Würstchen sein,
doch sonnt man sich in diesem Schein
der Größen, steht in ihrem Chor,
dann kommt man sich bedeutend vor.

Hein hat sich neulich mit dem alten
Karl-Otto Meier unterhalten.
Grad sagte er, mit welchem Star
er mal zusammen essen war,
und dass mit dem Staatssekretär
er freundschaftlich verbunden wär,
dass er den Kirchenpräsident
nun schon seit beider Kindheit kennt,
der Universitätsdekan,
der riefe jede Woche an,
und auch dem Fürst von Unvermittelt
hätt´ er schon oft die Hand geschüttelt,
erst gestern sprach mit seinem Sohn,
dem Prinz, er noch am Telefon...
so quoll es stolz aus seinem Mund.
Da sprach Karl-Otto nur: „Na und?
Eh du mich eben unterbrochen,
da hab ich noch mit Gott gesprochen.“

Frage zehn

So manche Menschen tragen
in sich den höchsten Wert.
Sie haben alle Fragen
ganz ohne Gott geklärt.

Doch einst ist er am Zuge.
Sie werden dumm dasteh´n,
so wie der Neunmalkluge
bei Frage Nummer zehn.

Der Schauspieler

Unsre Welt ist voller Schall:
Singen tut die Nachtigall,
Bären können garstig brummen,
Bienen können leise summen,
mancher Hirsch röhrt durchs Revier,
warnend pfeift das Murmeltier,
Schweine grunzen, Wölfe heulen
manche unzufried´nen Zeilen,
Lerchen trällern, oder nicht,
doch ein guter Mime spricht.

Ja, er hat in seinem Spiele
alle möglichen Gefühle
mit der Stimme ausgedrückt.
Fröhlich war er, und beglückt,
innig still, in sel´gem Schauer,
manchmal aber voller Trauer,
voller Wehmut, voller Tränen,
voll von Hoffen und von Sehnen.
Allem kann er Ausdruck geben,
was in diesem bunten Leben
je dem Menschen widerfährt –
alles das hab ich gehört.

So sprach er mit seiner vollen
Stimme viele hundert Rollen:
Könige und Diplomaten,
Diebe, Gauner und Piraten,
Sieggewohnte und Verlierer,
Bosse und Gewerkschaftsführer,
brave Menschen, Übeltäter,
Söhne, Brüder, Opas, Väter,
oder andre Anverwandte,
Sanfte oder Wutentbrannte,

Hilfsbereite, Bösewichter,
Schmiede, Bauern oder Dichter,
Professoren und Proleten,
Pfarrer, Priester und Propheten,
Schreckensbilder, Vorbildhafte,
Helden oder Abgeschlaffte,
Ärzte, Mörder, Krankenpfleger,
Millionäre, Kofferträger.

Abimelech, Abraham,
David, Mose, Bileam,
Saul, bevor er König war,
Petrus, Paulus, Potifar
und Jerobeam der Zwote,
Lebende und manchmal Tote,
deren Stimme trotzdem voll
aus dem Jenseits rüberscholl.

Manchmal sprach er auch sogar,
weil die Stimme mächtig war,
gradezu vor Würde troff,
Engelsworte aus dem Off.

Aufgeregt wie unterkühlt
hat er meisterhaft gespielt,
den Versager wie den Held
überzeugend dargestellt.
Nun so soll der Mime mir
stets ein Beispiel sein dafür,
wie ein Text, ein totes Bild
plötzlich sich mit Leben füllt.
Rollen, Worte, tot und schlicht –
doch wenn er sie liest und spricht,
sind zum Leben sie erwacht,
wie der Dichter sich´s gedacht.

Ist´s nicht so auch mit uns allen?
Unserm Schöpfer hat´s gefallen
voller Vielfalt, bunt und schön
seine Menschen vorzusehn.
Dröge, spröde, tot sind wir –
Druckerschwärze auf Papier.
Doch sind wir ihm hingegeben,
dann erfüllt er uns mit Leben.

Ich bin

Ich freu mich, ich bin da!
Viel Grund für ein Hurra!
Es gäb´ ja auch die Möglichkeit,
ich lebt´ in einer andren Zeit.
Jetzt aber bin ich da
und ruf: Halleluja!

Ich freu mich, ich bin hier!
Mein Gott, ich danke dir!
Rein theoretisch, fällt mir ein,
könnt´ ich auch ganz woanders sein.
Jetzt aber bin ich hier
und danke Gott dafür.

Ich freu mich, ich bin so!
Mein Gott, das macht mich froh!
Sich vorzustellen ist nicht schwer,
dass ich vielleicht ganz anders wär.
Jetzt aber bin sich so.
In dulci jubilo!

Ich freu mich, ich bin ich!
Ganz klar, da freu ich mich!
Ich hab mir schon mal vorgestellt,
ein andrer wäre auf der Welt
in meiner Haut, für mich.
Ich freu mich: Ich bin ich!

Eigenlob stinkt

Schuft, wer nur schuftet,
weil es ihm Ehre bringt.
Eigenlob stinkt,
Gottеslob duftet.

Schuft ist, wer nach vorn sich drängt,
eignen Ruhm und eigne Stärken
an die große Glocke hängt,
dass auch alle ja es merken.

Eigenlob stinkt,
Gotteslob duftet.

Wunder

Weil die Naturgesetze gelten,
solang nicht Gott ein Wunder tut,
bleibt´s auch dabei, denn sie sind gut.
Ausnahmen davon sind sehr selten.
Damit zu rechnen fordert Mut.

Man soll ja wohl im Allgemeinen
zweibeinig auf der Erde stehn.
Doch manchmal kann es auch geschehn,
da muss man glaubend mit zwei Beinen
wie Petrus auf dem Wasser gehn.

Spiegelbilder

Im Wald lag eine große Pfütze,
randvoll bedeckt mit Entengrütze.
Ein Rehlein, das voll Eitelkeit
sich gern der eignen Schönheit freut –
es war auch wirklich wunderschön –
kam, um sein Spiegelbild zu sehn.
Es beugt sich über´n Teichesrand –
und hat sich kaum darin erkannt!
Entsetzt sprach es – so wie´s ihm schien – :
„Bin wirklich ich so schrecklich grün?“,
und stürzt sich, vor Enttäuschung krank,
gleich in das Wasser und ertrank.

Ein Karpfen, der im Teiche schwamm,
das Töchterlein beiseitenahm.
Das arme Kind war voll Verwirrung.
Er sprach: „Welch schreckliche Verirrung,
sieht man des Lebens Sinn erfüllt
nur in dem eignen Spiegelbild!
Sei froh, mein Kind – hör, was ich spreche! –,
dass an der Wasseroberfläche
ein richt´ges Abbild, klar und schön,
ist meist von oben nur zu sehn.

Wird es von unten wahrgenommen,
ist falsch es, unklar und verschwommen.
Uns kann das Spiegelbild nicht jucken,
solang wir nur von unten gucken."

Neid

Zu dem bunten Vogel sprach
eine schlichte Elster: „Ach,
du hast so ein schönes Kleid!“
Und sie wurde voller Neid.

Dieser Vogel hört den Schall
einer jungen Nachtigall.
Und der Neid sein Herz durchzieht:
Hätt´ ich so ein schönes Lied!

Doch die Nachtigall voll Gram,
als ein Wanderfalke kam,
dachte: Wenn ich nur wie der
groß und stark und mächtig wär´!

Doch der Falke war allein.
„Ich möchte eine Elster sein!“,
dachte er. „Es wäre nett,
wenn ich viele Freunde hätt´!“

Grußworte

Ein Mann mit Namen Otto Sturz,
der dachte stets, ein Gruß sei kurz,
erfrischend knapp und trotzdem labend.
So wie zum Beispiel: „Guten Abend!“
und „Guten Tag!“, auch nur: „Hallo!“,
vielleicht auch mal: „Wie geht´s denn so?“

Als man vorzeiten Hüte trug,
da war es oft auch schon genug,
wenn man den lupfte mit der Hand,
die von dem andern abgewandt.
Heut reicht ein Lächeln, und man nickt –
schon ist ein Grüßchen abgeschickt.

So zeigt man dem, der angekommen:
Ich hab von dir Notiz genommen.
Ein kurzer Gruß ist allemal
so wie ein kleiner Sonnenstrahl,
der plötzlich durch die Wolken bricht:
Er wärmt, erhellt – mehr aber nicht.

Dass dies jedoch ein Irrtum war,
bemerkte er im letzten Jahr,
als er einmal mit vielen Frommen
an ´ner Versammlung teilgenommen.

Das Grußwort war nicht Wort, nicht Satz
noch war es Gruß. Ermüdet hat´s!
Ein Sermon war es! Gleich drei Teile!
Sturz dacht' in seiner Langeweile:
Womit hab´n wir uns nur versündigt,
dass, was als Grußwort angekündigt,
ganz anders als ich es erwartet,
zu einer Predigt ausgeartet!

Als dann ein Oberkirchenrat
voll Würde an das Podium trat,
um erst den Paulus zu zitieren
und das dann näher auszuführen,
womit er herzlich grüßen wollte –
da ärgert´ Otto sich und schmollte.
Ein weit´rer Würdenträger schon
ergriff das Wort und Mikrofon.
Als – überzeugt von seiner Kraft –
er der erschöpften Hörerschaft
sein Grußwort vor- und Würde trug,
da hatte Otto doch genug.

Das sollte je ein Grußwort sein?
Die schläfern uns allmählich ein,
sodass wir in den Tiefschlaf sinken!
Da lob ich mir ein kurzes Winken!

Durch seinen Sinn geht nur ein Wort,
und dieses Wort, das lautet: fort!
So steht er auf, um rauszugehn,
und grüßt nur kurz: „Auf Wiedersehn!"

Maßstäbe

Hans-Peter ist ein Phänomen.
Er misst vom Kopf bis zu den Zehn
eins dreiundachtzig ungefähr,
gemessen bei der Bundeswehr.
Doch diese Größe ändert sich!
Das find ich sehr verwunderlich.

Wenn mal sein Blick auf jemand fällt,
den er für ´nen Versager hält,
´nen Looser, dann wächst schnell Hans-Peter
gleich auf die Höhe von zwei Meter.
Was ihm so seltsam widerfährt,
das funktioniert auch umgekehrt.
Denn es gelang mir mitzukriegen:
Er sprach mit Victor Held aus Siegen.
Da schrumpft´ Hans-Peter auf der Stelle
sofort um eine halbe Elle.

Wie seltsam! Aber dies ist sicher
am Ende noch verwunderlicher:
Die Änderung ist nur gefühlt!
Als man ein Bandmaß an ihn hielt,
da waren Schrumpfen oder Strecken
nicht klar bewiesen zu entdecken.

Auch wenn´s exakt nicht zu belegen –
ich würd´ die Hand ins Feuer legen,
dass es sich grad so abgespielt –
anscheinend aber nur gefühlt.

Ich sag´ es schon – hier ist´s zu sehn.
Hans-Peter ist ein Phänomen.

Kommunikation

Die Kommunikation zu pflegen
geschieht mal laut, mal leis tief innen.
Man ist auf ganz verschied´nen Wegen
für eine Botschaft zu gewinnen.

Mal sanft und manchmal mit Hau ruck
zieht eine Überzeugung um –
mal presst des Redners Überdruck,
mal saugt der Hörers Vakuum.

Standpunkte

Ist fest dein Standpunkt, grad und eben,
und du voll Selbstvertrauen,
bedenk: Dynamisch ist das Leben,
nicht statisch wie beim Bauen!

Wenn du *Statistik*-gläubig bist
und denkst wie jedermann,
bedenke, dass sie ohne „ist“
zur *Statik* werden kann!

Betonung lässt noch vieles offen.
Bei andrer Formulierung,
mit ein paar neuen Zuschlagstoffen
wird sie zur *Betonierung*.

In der Kirchenbank

Dass ausgerechnet heute, wo ich schon so sehr gestresst,
der Große seine Vogelkäfigtüre offen lässt!
Ich wollt´ zum Sonntagsgottesdienst und hatte keine Zeit.
Doch nun, aus jahrelanger, schwerer Kerkerhaft befreit,
flog flatternd unser Wellensittich laut vergnügt umher,
als wenn das Zimmer jetzt das Amazonasbecken wär´.
Ich hab gelockt, geschimpft, gedroht, manch liebes Wort gesagt,
dann wieder ihn erschreckt, gescheucht, wie Tarzan ihn gejagt.
Ich warf nach ihm, ich pfiff sein Lied – er flog nur wild herum.
Ich schlug voll Wut und warf dabei die Yuccapalme um.
Jagdfieber hatte mich gepackt. Im Eifer des Gefechts
da kam ich mit dem einen Arm beim Sprung zu weit nach rechts.

Die Bassbox stürzte von der Bank, der Kaktus
vom Regal.
Der Sittich floh vor dem Gewühl – zum Käfig,
ganz normal.
Hier sucht´ er wohl Geborgenheit. Da kann ich
ihn verstehn.
Beim schnellen Sprung zur Käfigtür trat ich in
die Kakteen.

Jetzt sitz ich, Gott sei Dank,
still in der Kirchenbank.
Herr, hilf mir abzuschalten
und vor dir stillzuhalten!
Jetzt soll mich nichts mehr stören.
Ich will nur auf dich hören.
Herr, sprich zu mir und zeige,
was wichtig ist. Ich schweige.

Das Schicksal hatte den Beschuss auf mich heut
konzentriert.
Nur so ist zu erklären, dass das alles mir passiert.
In Unterwäsche stand ich grad, um mich schön
anzuziehn,
als die geschwätz´ge Nachbarin an unsrer Tür
erschien.
Ich rief durch die geschloss´ne Tür ihr zu manch
liebes Wort,
ich hätte aber keine Zeit. Sie ging beleidigt fort.
Es fehlte immer noch der zweite Knopf an meinem Hemd,
und an der Hose hat wie stets der Reißverschluss geklemmt.
Das wird die Schwiegermutter sein, grad jetzt
am Telefon.
Wird ignoriert! Die Autoschlüssel? Hier, ich hab
sie schon!
Das Auto lief nicht. Zwei Passanten halfen in
der Not:
Sie schoben an – es lief. Und dann war´n alle
Ampeln rot.
Warum wohl nicht, wer früh eintrifft, weit
draußen parken kann?

Dann wäre der, der später kommt, ein bisschen näher dran!
Doch jeder ist ein Egoist. Und ich, ich armes Schwein,
traf abgehetzt und aufgewühlt und außer Atem ein.

Jetzt sitz ich, Gott sei Dank,
still in der Kirchenbank.
Herr, hilf mir abzuschalten
und vor dir stillzuhalten!

Jetzt soll mich nichts mehr stören.
Ich will auf dich nur hören.
Herr, sprich zu mir und zeige,
was wichtig ist. Ich schweige.

Vorsicht!

Es ist nicht einfach, Streit zu schlichten.
Zwei fetzten sich. Der Zank war groß.
Ein Dritter kam, um schiedzurichten.
Sie wollten nicht auf Streit verzichten –
man ging gemeinsam auf ihn los.

Beachte, willst du Streit beschließen,
dass er nicht so erst recht beginnt!
Willst Öl du auf die Wogen gießen,
dass sie ein wenig sanfter fließen,
sieh erst, ob´s keine Flammen sind!

Ganz einfach

Weil die moderne Wissenschaft
zuweilen viel Verwirrung schafft –
und dieses stört den Seelenfrieden –
hat mancher Mensch für sich entschieden:
Der Wunsch sei wahr! Es bleibe
die Erde eine Scheibe!

Kontinentalverschiebung

Einst war – im Perm, in Jura oder Kreide –
ein großer Triceratops auf der Weide.
Er brauchte täglich eine Tonne Futter.
Der Triceratops nun war eine Mutter.
Das Triceratopskind grast in der Nähe.
Drei Hörner standen drohend in die Höhe.
Da plötzlich gab es einen lauten Krach –
Pangäa, jener Kontinent, zerbrach,
der alles Land der Erde einst vereinte.
Der Triceratops sah sich um und weinte.
Die Mutter merkte, dass die große Kerbe
verlief grad zwischen ihr und ihrem Erbe.
„Ach, liebes Kind“, rief sie, „was mach ich bloß!

Der Abstand zwischen uns ist schon so groß!
Er wird auch immer größer, will mir scheinen.
Leb wohl, mein liebes Kind! Du musst nicht weinen!
Werd groß und stark in Südamerika!
Du gehst auf Reisen und ich bleibe da,
nachdem sich jener große Kontinent
von unserm alten Afrika getrennt.
Ach, so erlebt das Schicksal eine Trübung –
die dämliche Kontinentalverschiebung!"
Der Triceratops schloss die Augenlider.
„Leb wohl, mein Kind, wir sehen uns nie wieder!"

Hier aber sollte dieses Tier sich irren.
Nach langer, langer Zeit, nach vielen Wirren,
Vulkanausbrüchen, Einschlag von Kometen,
Verschiebungen, die ganze Berge kneten,
nach Dürren, die das weite Land erfassen,
dann wieder ungeheuren Wassermassen,
da fanden schließlich an verschied´ner Stätte
die Menschen die versteinerten Skelette.
So kam´s, dass sie sich schließlich
wieder fanden,
als im Museum sie zusammenstanden.
Zwar ohne Fleisch und Blut und
Haut und Leben,
doch immerhin mit einem Schild daneben,
auf dem es stand, in Deutsch und in Latein,
dies beides würden Triceratops sein.

Welch lange, lange Zeit beim Blick zurück –
doch in der Ewigkeit ein Augenblick.

Schönheit

Es schwebte ein Ballon ganz heiter,
so leicht und sanft wie Blütenduft,
getragen nur von heißer Luft.
Da braust heran ein Eurofighter.

Nun sprach die bunte Montgolfiere
zu jenem grauen Düsejet,
dass, weil sie viele Farben hätt´,
sie eigentlich viel schöner wäre.

Worauf ihr jener Düsenjäger
mit Donnerschall entgegenruft:
„Du bist ja doch nur heiße Luft,
und dick, und außerdem viel träger!

Schön willst du sein? Dass ich nicht lache!
Da sieh mal meine schlanke Form!“
Man sieht: Da gibt es keine Norm,
und Schönheit ist nur Ansichtssache.

Weltabgewandt

Der Welt, die du verwerflich findest,
ist abgewandt dein Leben.
Du kannst – so scheint es dir zumindest –
fromm überm Boden schweben.

Wem solches Schweben, hoch und hehr,
nicht mehr nur ab und zu glückt,
der weiß am Ende gar nicht mehr,
wo andere der Schuh drückt.

Einladung

Ich stellte mir stets vor, vom Himmelsschloss
schaut Gott herab, eiskalt, mit finstrer Miene,
nur schemenhaft. Im obersten Geschoss
am Fenster dort bewegt sich die Gardine.

Dann aber zeigte er sich wirklich mir.
Er schenkte mir sein Lächeln, dieses warme.
Er stand mit offnen Armen in der Tür
und rief mir zu: „Wer kommt in meine Arme?“

Imagebildung

Was peinlich ist, soll rasch verschwinden,
weit weg, wenn´s geht in aller Stille.
Wir tun die Chronik unsrer Sünden
nicht gern in eine Klarsichthülle.

Doch soll man an uns zur Genüge
Moral und Edelmut bestaunen.
Weshalb die bess´ren Wesenszüge
wir gern auch leise rausposaunen.

Das Image lässt sich aufpolieren.
Ach, dass wir Menschen dazu neigen,
ein Bild von uns zu präsentieren,
statt einfach nur uns selbst zu zeigen!

Zu spät

Der Egon singt im Männerchor
bescheiden hinten im Tenor
und denkt: Es wäre doch erhebend,
ich träte als Solist hervor
und wäre tonangebend!

Jedoch, denkt er, dieweil er singt,
dass das wohl nur Enttäuschung bringt.
Denn wer zu frech und forsch und munter
und stolz auf´s hohe Ross sich schwingt,
fällt auf der andern Seite runter.

Nach Jahren denkt er immer noch:
„Bescheidenheit, die lohnt sich doch!
Und ein Solist – was ist das schon!“
Jetzt aber kommt er nicht mehr hoch
und singt nur noch im Bariton.

Über dir

Der Himmel hinge voller Geigen,
so findest du beglückt. Indes –
es könnte sich am Ende zeigen:
Es war das Schwert des Damokles.

Und andrerseits: Machst du dir Sorgen,
weil eine dunkle Wolke schreckt?
Du irrst vielleicht: Du bist geborgen,
denn Gottes Hand ist´s, die dich deckt.

Ja, wie denn nun? Wie wird es enden?
Sind´s Geigen oder ist´s ein Schwert?
Nimm voll Vertrau´n aus Gottes Händen,
was immer auch dir widerfährt!